国家出版基金项目
NATIONAL PUBLICATION FOUNDATION

这里是新疆丛书

在天山脚下独唱

李东海 ◎ 著

新疆文化出版社

图书在版编目（CIP）数据

在天山脚下独唱 / 李东海著 . — 乌鲁木齐：新疆
文化出版社，2024.6

（这里是新疆丛书）

ISBN 978-7-5694-4327-1

Ⅰ．①在… Ⅱ．①李… Ⅲ．①诗集—中国—当代
Ⅳ．①I227

中国国家版本馆 CIP 数据核字（2024）第 015011 号

在天山脚下独唱

ZAI TIANSHAN JIAOXIA DUCHANG

著　者 / 李东海

出 品 人	沈 岩	责任印制	刘伟煜
策　划	王 族　王 荣	装帧设计	李瑞芳
责任编辑	潘紫璇	版式制作	田军辉

出版发行　新疆文化出版社有限责任公司

地　　址　乌鲁木齐市沙依巴克区克拉玛依西街1100号（邮编：830091）

印　　刷　永清县晔盛亚胶印有限公司

开　　本　787 mm × 1 092 mm　1/16

印　　张　14.75

字　　数　95 千字

版　　次　2024 年 6 月第 1 版

印　　次　2025 年 1 月第 2 次印刷

书　　号　ISBN 978-7-5694-4327-1

定　　价　45.00 元

序

行走于李东海的诗句里，宛若又重返新疆。那些熟悉的地名、亲切的风景与广阔的时空背景，给我以极大的感动与温情。

他自我观照又观照世界，在两种观照里达到自我的平衡与生命的对称。

一个长在新疆沙湾的陕西人，以双脚丈量南疆与北疆的广阔疆土。我惊叹于他的观察力与行动能力，并把这种能力内化成他的诗句："春天一到/喀什的石榴花就开了/吐曼河的芦苇长出婀娜多姿的腰身""我们骑着马儿沿着山谷一直向前/没有日月和纪年/风雨和冰霜打湿了我们的脸颊""我带回云杉的松籽和额尔齐斯河的涛声"，而在《安集海大峡谷》的诗中写道："其实就是鬼斧神工/其实就是地老天荒/我站在峡谷的掌心之上/一只蚂蚁，站在一座宝塔之上"，而对尼雅的冥想与凝思更是穿越历史的风尘达到如梦的幻觉，让人联想无穷,感叹不已。

李东海的知识面远远不止于此,他的大学经历与他所学的专业使他有了一双异于我们的"诗眼",无论是对中国历史和哲学巨人的追思与膜拜,还是对西方哲人与文化的参悟,都达到我所不及的高度。

他更动人的诗句来自他对父母的追忆,那种来自另一个时代生活的沉重感、压抑感与歉疚感触手可及。"沙湾的故事是我血液里的钠盐,把我滋养/把我的筋骨拉成远航出行的帆樯""被邻居称为老陕的父亲用鲁班留下的锯子/用力地锯着自己艰辛的一生/年轻的时候他把一截锯成了扁担""我不敢想/三弟一家护理母亲的八年岁月/是怎样一天天一年年地度过/母亲是个节俭勤劳的人/她似乎要把每一根蔬菜/每一粒米,都做成香甜可口的饭菜"。

李东海是一个爱诗的人,甚至可以说是极其爱诗。他把他的时间、精力与生命都奉献给了诗,并且在退休以后义务做新疆诗歌的推广者、守护者,让我深为钦佩。谨以他的一段诗句为我这篇小序作结:"绵延的海岸线把我揽入大海的怀抱/绵延的山脉把我揽入高山的怀抱/绵延的思绪把我揽入怀想的怀抱/绵延一根丝一根丝地拉长/从作茧自缚到破茧而出……"

他已经"破茧而出"了。

章德益

2022 年 11 月 4 日于上海

目 录

第一辑

天山的独唱

行走在天山脚下（组诗）

在新疆

无论你走在哪里

其实，你一直都走在天山脚下

——题记

天 山 脚 下

抬头望去

就是皑皑雪峰

满脸冰霜

翻过山去

是星星点点的翠绿

然后,就是那瀚海滚滚的浪

在天山脚下
你可以冥想草原的骏马
风驰电掣
可以畅想冬至的大雪
被一万匹白马从山谷带下
还可以怀想春天的桃花
被春风的少女,洒满西部的边城

在新疆
无论你走在哪里
其实
你一直都走在天山脚下

天 山 以 北

天山以北
云杉沿着山谷
一步步向下行走
草原突然就滑进
准噶尔盆地的怀里

马群在白云间飞翔

北斗

在夜里掌灯

天山以北

羊群开始转场

勘探队的钻头

在地壳的肚皮上打眼

雁阵

飞过蓝天

天山以北

列车驰向伊犁大草原的怀抱

村庄,闪进列车的眼帘

薰衣草在河谷幸福地歌唱

天山以北

一个赛里木湖的汉子

挺着胸脯

撑起一座天山的雪峰

蒙古人的长调

唱蓝博尔塔拉草原的天空

天 山 以 南

春天一到
喀什的石榴花就开了
吐曼河的芦苇
长出婀娜多姿的腰身
维吾尔族少女的脸上
开出一朵艳丽的牡丹

天山以南
村庄里的果园
香透一片绿洲
姑娘的歌唱
醉倒一座沉默的山峰

天山以南
一条河
流过塔里木盆地的身子
一只鹰
飞过塔克拉玛干沙漠的额头

雪 莲 花

雪线以上
就是雪莲的王国
雪莲花开了
雪山的公主才会出嫁
冰山之父
才会为女儿举办盛大的婚宴

雪莲花洁白的身子
浸润着淡黄色的爱情
温馨、淡雅
雪莲花开了
天山才会报春
天山河谷
才会飞出一条条洁白的玉龙

新疆诗章（组诗）

新疆岩画

画下马

画下追逐的牛羊

画下鹿群和牧羊犬

画下骆驼和希望

在巴尔达库

我们把繁衍的渴望

留在了巴尔鲁克山的石壁

在康家石门子

我们祈求人丁兴旺

巫师和酋长

是强壮的雄狮
画里画外
部族的太阳正在升起

拉满弯弓
在天山,在草原
我们射杀一头头牛羊
梅花鹿,早已奔跑在了天边

我们骑着马儿
沿着山谷一直向前
没有日月和纪年
风雨和冰霜
打湿了我们的脸颊
走多远的路
我们都把希望和日子
凿刻在山谷的崖壁
让风去读,让太阳去做最好的书郎

画下希望
画下梦想
画下一群群的儿女
再画下一群群的牛羊

鹿　石

只有鹿才能追上太阳的脚步
你张开翅膀,在草原上飞翔

鹿石
太阳一直回望着你的笑脸
风,吹走了草原的尸骨
狼嚎的回声,埋在额尔齐斯河的岸边
你身轻如燕,放下过往的心事
衔着草原第一缕霞光,飞向太阳
一段动人的故事
在草原流传,草原是你的故乡
有你的母亲和孩子
还有你美丽的传说和希望

草原的风
没能吹灭你的星光
一尊鹿石,就是一颗挂在草原上空的星星
在历史的夜里闪闪发光

昭苏的油菜花

在昭苏大草原
油菜花,一望无际地开着
那黄黄嫩嫩的油菜花
随着风的涌动
像我那一望无际的希望
在大草原的怀里,舞动和歌唱

风
又吹动起那一片片的油菜花
黄黄嫩嫩的,一个浪
又一个浪,把我卷入了它的怀里
我知道,在这个七月
我的希望,将与昭苏的油菜花一起疯长

西 部 胡 杨

忍耐着
所有肆虐的残酷
都风干在你沧桑的脸上

看谁能走过

三千年的风雨

固守着

所有疯狂的进攻

都在你坚韧不屈的脚下，一节节败退

看岁月的风寒

会染红谁的头颅

雪，或雪豹

2018年，二九之末

雪，突然袭击了我的城市

白茫茫的，铺天盖地的雪

围困了乌鲁木齐

像雪豹围困着山谷

一只多大的雪豹啊

卧在了准噶尔西部

斑斑点点，威严俊美

雪豹

一只下山的雪豹

沿着天山北麓扑向我们

斑斑点点

二九之末
一只巨大的雪豹扑向了西部

瓦蓝的天空

乌鲁木齐
现在是瓦蓝的天空
这样蓝的天空,会让人想入非非
瓦蓝的天空后面,会是一张张渴望的笑脸

瓦蓝的天空,生机盎然
让发霉的日子,得到了晾晒

乌鲁木齐
站在天山的脚下
瓦蓝的天空会飘来一片吉祥的白云

九月的巴音布鲁克

九月
一片金黄漫过巴音布鲁克
草原上的牦牛
沿着山坡，张开了秋天的笑脸
在巴音布鲁克
你会突然顿悟草原金色的柔美

九月
巴音布鲁克草原
鹰在高旋
每一只猎物都映入鹰的眼帘

在如此辽阔的草原
土尔扈特的后人们放牧着牛羊
巴轮台在河谷的深处静静打坐
牦牛在一阵阵暴雨中躲进山坳

开往南疆的火车

开往南疆的火车

现在穿越着一个个天山的隧道

时光改变了一切

从攀爬

到穿越

我们经历了一个世纪的风霜

世纪的门窗

就是被钢铁凿开的一道道山门

坚硬的石头

是阻挡我们出发的山脊

现在

我们穿越天山

时间的盾构机

洞穿了一切

孜孜以求的渴望

是我们翻山越岭的马达

遥不可及的南疆

很快就被我们拉入流连忘返的眼帘

开往南疆的火车

把高山、戈壁和大漠

甩在了身后

一片片绿洲,风姿绰约

梦幻楼兰(组诗)

三 间 房

三间房坐北向南
像个菩萨,在楼兰圆寂

海头和米兰
远远望着三间房
傻傻苦笑
孔雀河
已在它的背后悄悄断流
干涸的河床

可能是楼兰留下的一句
神秘的谶语

在河床的对岸
我问枯死的胡杨：
在三间房的墙下，是否还能找到
楼兰丢失已久的那把钥匙？

楼 兰 在 野

罗布泊
在西部疯狂地奔跑
海市蜃楼的城堡
在风起云涌
在腾云驾雾
楼兰王的酒杯
已埋入了城堡的墙下
南下的匈奴，正磨刀霍霍

大汉的马队
从龟兹返回
傅介子的宝剑

在将军的腰下剧烈地震荡

在大漠的风里一阵阵怒吼

匈奴的阴谋

被傅介子的鹰眼

远远看到

楼兰王的伎俩

被傅介子的宝剑，从剑鞘里刺穿

风雨飘摇的楼兰

在寂静中回响

一场大风

吹走了楼兰

一场噩梦

遗忘了楼兰

就是在今天

我们依然无法找到

楼兰丢失的那件袈裟

走 进 楼 兰

几枚简牍

才让我最后找到了楼兰的门闩

但你的楼宇早已坍塌

你的族群，早已失散

在三间房

看不到你昔日的辉煌

罗布淖尔

早已为你流干了眼泪

楼兰

一直奔跑在我的梦里

像个游侠

从《史记》

从《汉书》

我循着那些蛛丝马迹，穷追不舍

今天

当我站在三间房前

突然发现

你是母亲丢失已久的那个儿子

走过楼兰的商队

牢兰海

藏匿了一切

出了敦煌,从阳关向西

营盘镇的关卡,看了你们的过牒

从长安走来

丝绸、瓷器和茶叶

在驼队的身上琳琅满目

遇到沙暴和抢劫

你们也会九死一生闯过

过了龟兹和疏勒

还要去撒马尔罕和大食

骆驼有多坚强,你们的热血就有多刚烈

太阳下山

楼兰的肉香就飘过了山野

骆驼的耳朵

就已听到店小二的嗓音

东去西来的商队

穿梭在楼兰

所有的凶险

都像寒夜闪出的一道寒光

楼 兰 美 女

胡杨仍在孔雀河的深处

继续疯长

罗布庄

已经失去了昔日的喧嚣

失去了她那动人的丰韵

石镞和陶器

在古墓沟里

酣畅地沉睡

可那个女人的长发

却像一簇艳丽的火苗

从三千八百年前的铁板河边

一直柔美地飘荡

小 河 墓 地

今天,我把小河
轻轻地写在诗里
让一条小溪
从荒原流过
让一只夜莺,在那里歌唱
那是四千年前埋下公主的地方

没人知道
孔雀河在哪年断流
罗布淖尔又何时在此干涸
罗布人
在什么时候,撤出了阿不旦的家园
荒漠,死守的四千年秘密
被向导奥尔德克在1934年
告诉了贝格曼
那是一个"魔鬼守护一千口棺材的地方"

贝格曼发现了小河
王炳华、伊弟利斯挖掘了小河
小河公主

从四千年前的荒漠闪亮登场
她的小草篓里
还为我们收藏着最早的麦种
她的毡帽
斗篷
牛皮长靴
和伴她入睡的木祖和麻黄草
都是我们惊讶不已的谜团

惊艳绝世的公主
四千年前,在这里安睡
她的梦
被四千年的风沙最后吹醒

尼　　雅

一

谁的弯弓
在昆仑山下
突然射下了西域高飞的大鸟
让我们一千六百多年

都寻找不到它的踪迹

是哪的风眼,吹起了漫天的狂沙
把一只彩色的陶罐
埋在了塔克拉玛干的南缘
让我们苦苦寻找了一千六百年的时光

二

在这苍凉的荒漠里
我们一把
就可触摸到
西域历史的那段冷暖

可尼雅
在你长河落日的夜里
不知有多少美丽的文化之鱼
最后
都干涸在了你那
龟裂千年的河床

三

抵达昆山
抵达塔克拉玛干的南缘
而寻找美人的驼队
早被风沙
遗忘在了历史的深夜

民丰以西
精绝
悄悄躲在了尼雅的身后
像是睡入锦缎里的美人

西部之书（组诗）

河 西 走 廊

这是个咽喉
黄河以西
河西走廊
像把如意
枕在了祁连山的头下
从乌鞘岭
到星星峡
一颗一颗的翡翠
镶嵌在了河西走廊

从而让丝绸之路

一路都走得珠光宝气

武威

张掖

酒泉

敦煌

这不仅仅是一颗颗碧绿的翡翠

还是一个个英勇的战将

悬泉置

有人来住

有人密报

匈奴的密探匆匆地走过

如此金贵的走廊

当然充满了波澜壮阔的惊险

一些惊悸的故事

被历史存档

被小说

和影视演绎

一些人与城郭

依然星罗棋布在河西走廊的路上

巴尔鲁克山
——遥远的美丽

走到多远

我才能走到你的身边

梦到多久

我才能梦见你的双眼

巴尔鲁克山

静卧在准噶尔的西北

像个智者

神秘而安详

你的牧场

你那阿克乔湖的星空之夜呢

巴尔鲁克

我醉卧在你塔斯提河谷的毡房

真想把你飘动的长发

一遍遍梳捋

把你圣洁的眼睛

一次次亲吻

我站在山上

山野的花香

轻轻地浸入我的心田

我炽热的鲜血

像奔涌的河水

我看着塔斯提河谷的白杨

看着怒放的金蔷薇和秋牡丹

在巴尔鲁克山上

一遍遍地由绿变黄

这是秋天

巴尔鲁克山

醉在一片金黄的风里

巴旦杏林的桃色

染红了西部所有的山恋

让粉红的消息,红遍山野

让桃色的艳遇

开在你我的心上

江 布 拉 克

向东天山

走过一段

江布拉克就拉开了帘帐

金黄的麦浪就滚下了山坡

万亩的旱田

是一张油画

一层葱绿

一层金黄

而爬上山坡的

是你惊讶的双眼

来到山上

你就扑进了江布拉克的怀里

半截沟

仍在江布拉克的肩上静静等候

夕阳的晚照

撒满大地灿烂的笑脸

夜幕降临,一夜的星辰

就是我写给江布拉克的情诗

卡 拉 麦 里

戈壁

荒漠

低山

梭梭林在沙漠里爬行

普氏野马
在卡拉麦里腹地奔跑
它的家族和血统
在卡拉麦里繁衍
准噶尔盆地,被卡拉麦里切去了一半
而它的深处,依然隐藏着许多不为人知的故事

博 尔 塔 拉

阿拉套山
像一堵高墙
把银灰色的草原
围了起来
西面,是大山留出的门楣
让风把草原上的牛羊吹得肥美健壮
博尔塔拉
辽阔的草原
歌声回荡
那清澈的河流,穿城而过

博尔塔拉

不仅是银色的草原

还有赛里木湖这片碧蓝

而科古尔琴山腰间的这块玉佩

是苍天赐予的福瑞

在博尔塔拉壮汉的身上显灵

让马头琴的长调

在草原上回响

让满山的牛羊

在赛里木湖边轻唱

博尔塔拉

敖包的方向

就是草原的方向

英雄的故事，在岁月的风里一直传唱

凝望博格达

我在乌鲁木齐的西面

正对博格达山峰

烈日下的博格达雪峰

闪耀着金辉

烈焰与冰川的对视

是准噶尔盆地与博格达雪峰的对话

震旦纪的造山运动

让天山横空出世在

中国的西部

这条黄金包玉的腰带

系在新疆的腰间

让西部新疆成为一个富有的汉子

博格达雪峰

是这条金腰带上的一块白玉

博格达雪峰

耸立在我的东面

正午的太阳在雪峰上照耀

我凝视烈日下的博格达雪峰

一些历史，从我的眼前走过

一些故事，在我的眼前浮现

回到地平线

乌鲁木齐在天山的脚下涌动

它是天山巨人手指间的一枚翡翠

在博格达雪峰下闪耀

西部历史的群雕（组诗）

张骞凿空

走出长安

你就走上了漫漫长夜

关河以西

匈奴的弯弓

已经射过了姑臧的城郭

射穿了阳关的明月

可你还是执意地西寻

你汉节中的热血

都渗出了竹旌

浸湿了河西漫漫的野草

可西极在哪?

那月氏的桑烟,又在哪里?

这个汉中的汉子

扎紧绑腿

把大汉的使命

烙进心田

夜幕沉沉

西寻的驼铃,已经哑然

祁连山的山谷

乌云翻滚

所以胡人甘父的双眼

都无法带你躲过匈奴的那张大网

你只有鏖战,突围,最后被俘

可十三年的囚禁

你却用带血的刀笔

刻写了凿空西域的纪行

你只有沿着北道西行

妫水之南

是月氏的庭帐

是你茫茫西寻的甘泉

在轻轻地喷涌

你进月氏

去康居

大夏和身毒

才像一条条鳗鱼

第一次游入了中国的长河

月氏已经不愿勒马东归

可你却不能不持节东归

翻葱岭　过于阗

楼兰不是你梦里的乡关

在秦巴山中长大的汉子

是罗布大漠　胡杨的兄长

东归

东归

你手中的汉节

是一支丝绸紧裹的鹰笛

细　君　远　嫁

鸿鹄在哪

你孤独的琵琶就在哪里

远嫁的细君

你是弹着琵琶

第一个走出阳关的女人

你远嫁的琴声,凄凄曼曼

乌孙山下

伊丽川当然是那起舞的少女

银袖如练

可远嫁的细君

当你回望乡关

那满眼的心泪,在跋山涉水

是谁

让你这柔弱的身子

远涉万里

用你稚嫩的肩膀

遮挡起大汉的风雨

可你去了

你的肩上任重如山

两千年后

我们才沿着天山北坡

和伊犁河水

在向西寻觅

可细君的琵琶

和乌孙王的毡帐

都像我那遗失的家谱

在西部的风里，猎猎作响

郑 吉 屯 守

屯田渠勒

攻下车师

你就打开了西域一道道的门闩

焉耆以西

是日逐王的毡帐

匈奴的野心

仍在西部草原肆意地疯长

僮仆都尉

还在西域的风里

呜呜作响

你瞪大双眼

骑上战马

匈奴的毡帐就开始灰飞烟灭

天山以南的绿洲开始返青

日逐王率部

开始投诚

你威风凛凛地接过日逐王的弯刀

西域从此

翻开了崭新的篇章

筑垒轮台

西域都护府的高墙

披甲戴盔

首任都护,你的战马

在辽阔的西域驰骋疆场

班 超 从 戎

弃笔从戎

一支铁笔

从此就被你投进西域的风里

让风写字

让三十六骑人马的风尘

写下一部雄壮的史诗

让匈奴的弯弓

从此折断在你西去的风里

你随窦固出征
在丝绸之路的南道你孤军挺进
到了鄯善，你一把大火
烧去了匈奴的营帐
让楼兰王的肝胆
碎裂了一地
过轮台，夺疏勒
你最后攻下了龟兹和姑墨
让西域的城郭
再次回到了大汉的怀中
西域再次在大汉的疆域里
繁花似锦

三十年了
盘橐城的墙砖都已变老
吐曼河的芦苇青了又黄
你都到了落叶归根的暮年
可你走后
匈奴的野火又烧遍了西部
边疆吃紧
匈奴如虎

儿子班勇,持枪上马

屯守柳中

进军楼兰

匈奴的气焰

一下就被班勇的长枪

击碎在了天山的脚下

左 宗 棠

积贫积弱

罹难频仍的大清

风雨飘摇

羸弱的中国

被魔鬼缠身,被魔掌撕扯

虎视眈眈的列强

穷凶极恶

而从浩罕的山口

窜出一条阿古柏的疯狗

扑向南疆

又扑向了北疆

整个西域

烽火连天

山河破碎的祖国

在风雨中呻吟

左公穿上战袍

抬棺出征

阿古柏、白彦虎

如丧家之犬

"哲德莎尔"

这个魔鬼的怪胎

被左公隆隆的火炮

震死在腹中

左公剑指西北

北极熊的魔掌

开始颤抖

蠢蠢欲动的列强

开始胆战

伊犁河谷

和巴尔鲁克山

终于回到了祖国的怀里

左公

这是新疆对你的尊称

左公

这是历史对你的命名
你的名字
镌刻在了岁月的风里
你的勋章
铭记在了西部的山峦
其实整个的新疆
都闪耀着你铿锵威武的雄风

在沙湾长大（组诗）

在沙湾长大

一方水土
长出一方水土的牧草和牛羊
长出一方红红火火的儿女和村庄

一方水土
被风吹醒，被阳光照亮
就泡出一方酽茶一样的方言

一方水土
被山隆起，被水洗亮
就长出一片嫩嫩绿绿的家乡

在沙湾长大
老街和新城
装满我们少年的梦乡

在沙湾长大
柳毛湾的水稻
还在梦里不断地疯长

在沙湾长大
金沟河的麦浪随风飘荡
七月的镰刀,忘记了回家

八月在野
老沙湾的西瓜滚入城里
甜美的瓜瓤,甜透我们的笑脸

秋天到来
博尔通古乡的牧场牛羊肥壮
夜莺的歌声,点亮了阿吾勒的毡房

悲悲喜喜的故事
都是我血脉里的盐巴,把我滋养
把我的筋骨拉成出航远行的帆樯

想 起 沙 湾

想起沙湾
沙枣花就开在了眼前
那片榆树林子的苍绿,是我五月走进的童年

想起沙湾
一条河水,就流过了我的记忆
金沟河闪闪发亮的星星,是我梦中一粒粒的黄金

想起沙湾
金黄的麦浪,就从城区
飘荡到了古尔班通古特沙漠的南缘

七月的沙湾
瓜果飘香,依连哈比尔尕山
白云飘过,鹿角湾的鹿角藏匿在草原

九月过后,就是金秋
安集海的辣椒,染红天边
夕阳下的牛羊,开始归圈

想起沙湾

大盘鸡摆上餐桌,雪水坊把酒斟满

我们的笑脸,就是一首开满鲜花的诗篇

十月到来,无边的棉田被秋风收割

金色的秋叶浸红了脸颊

时光的剪刀剪下岁月一簇簇的锦缎

霜降过后

沙湾在准备一床厚厚的雪被

它要覆盖大地的冬麦和绵延的天山

想起沙湾

所有的苦难,都随风飘逝

三道河子的春天,就是一张充满阳光的蓝天

想起沙湾

就想起风雪中的母亲

她曾站在我回家的路口,满眼的霜花

鹿　角　湾

一群一群的麋鹿
走过南山肥沃的草场
作为聘礼，它们把鹿角留下

一年一年的风
吹过南山苍翠的云杉
作为记忆，它们把松籽留下

一代一代的牧民
扎起毡帐，他们把生活的炊烟
一缕一缕点燃

鹿角湾
珍藏着岁月的黄金
把牛羊牧放成了星星点点的白银

鹿角湾
流淌着淙淙的山泉
把沙湾养育成了肥美的牧场

安集海大峡谷

其实就是鬼斧神工
其实就是地老天荒

我站在峡谷的掌心之上
一只蚂蚁,站在一座宝塔之上
几只斑头雁,飞过头顶
匆匆赶往安集海的鱼宴
万丈沟壑,一辆拉煤的大车
像头老牛,从谷底爬上时光的天井

安集海峡谷
在沙湾的西头
被岁月的刀斧凶猛地斧正而不留声色
这是沙湾壮丽的扉页
被西风打开
被牛羊朗读,被我们今天惊讶地俯瞰

一帧扉页
饱含万丈沟壑的深邃
一方热土

满含岁月沧桑的热望

你千年的哑然

竟然让大地摇曳出一幅绝世的画卷

回 到 沙 湾

回到沙湾

回到我走过三十年风雨的故乡

乡音还在

乡音依然是那青铜如钟的回响

街区的妆容

越来越新,走在时光里的脚步

也越来越快

我看到那些老去的朋友

随着音乐,在广场的灯光里起舞

街心花园

已不再是童年的地标

走了很久

我都没能踩到城区起伏的心脉

风,吹着沙湾浓密的长发

在天空尽情地飘逸

我童年的故事

已被翻唱成歌,在街市上不停地传唱

独库公路的风景（组诗）

乔 尔 玛

独山子以南
翻过依连哈比尔尕山
就到了乔尔玛
乔尔玛是个山谷
是走进唐布拉和巴音布鲁克的门楣
乔尔玛纪念碑
168位战士的忠骨
在天山筑起一座顶天立地的山峰

乔尔玛
是独库公路不可跳过的名词

生动、苍绿

是草原上又说又笑的姑娘

你躲不过她

纯真炽热的眼睛

唐　布　拉

走进独库公路

过了乔尔玛

就到了如雷贯耳的唐布拉

到了喀什河谷的青春期

到了天山谷地的心脏区

唐布拉是首翠绿的民歌

在天山的云端回荡

唐布拉是幅彩色的画

在天山的襟怀里绚烂

喀什河的浪花

弹奏起冬不拉的琴声

百里画廊的微风

轻抚着英魂，百折不挠的足音

唐布拉
是尼勒克身上一袭青绿的衣裙

巩 乃 斯

马群
旋风一样刮过了巩乃斯草原

猎鹰
战机一样俯冲下了山谷

云杉
士兵一样冲向了山峦

巴音布鲁克

一首长调
在天山河谷悠扬地回荡
一条汉子
在巴音布鲁克草原上风驰电掣
一座座蒙古包，星罗棋布在山谷

一片片星光,撒满巴音布鲁克草原

九曲十八弯河水洗净的哈达
最后戴在了巴西里克村的身上

巴音布鲁克,你养育的村庄
圣洁安详,它是白天鹅最美的故乡

伊犁大草原（组诗）

伊犁草原

一首诗
长出翅膀,在大草原上飞翔
一条河,在天山脚下把草原滋养

风吹草原
马群就刮起一道排山倒海的风浪
而朝霞在天边,洒下一片如火如荼的曙光

河水荡漾
一条条河鱼逆水返航
郁郁葱葱的庄稼,就是河岸美丽的村庄

风调雨顺

大草原上的牛羊,膘肥体壮

岁月里的灯盏,把牧民的毡房点亮

伊　宁

一行白鹭飞向天边

一个王子在阿力麻里城徘徊

一万匹锦缎飘下山谷

一个姑娘在宁远城外郊游

伊宁

伊宁

万匹骏马

在草原上驰骋

一座座高楼

在伊犁河两岸拔地而起

察布查尔

图伯特老人
拴好骏马
锡伯营的油灯又添亮了火苗
村庄里的孩子
在梦里憨笑
察布查尔大渠两岸的稻谷在深夜里拔高

暴风雪
磨亮了刀子
卡伦的哨兵披紧了大氅
雪原上的母狼
在四处张望
蓝天上一群鸽子在高高飞翔

庄稼在河岸轻摇
村里的长者在动情弹唱
仲夏夜的一场大雨
把察布查尔洗得清清亮亮

可 克 达 拉

一朵鲜花
含苞怒放
一个姑娘,亭亭玉立

一匹天马
腾空而起
一座丰碑矗立天边

可克达拉随想

可克达拉
穿上嫁衣
西部边陲,迎娶了新娘

《草原之夜》的歌声
回响在天边
乌孙山下的边城,沉醉在梦乡

霍 尔 果 斯

薰衣草

睡熟在新娘的怀里

落日的彩霞,迷醉了游人的双眼

时代的列车

穿越亚欧大草原的群山

边关贸易,交流出万水千山的情怀

那 拉 提(二首)

一

太阳出山

草原披上了一望无际的新衣

毡房里的炊烟升起一片牧民的希望

羊群在山坡

悠然吃草

牧民的脸上洒满草原灿烂的霞光

草原的媚眼

是哈萨克族姑娘醉人的眸子

风情万种，走过草原你就走进了姑娘的心田

二

太阳

升起在那拉提山上

酥油草

长满那拉提草原

黑头羊

悠然翻过了山冈

太阳

落下那拉提的山谷

炊烟

升起在哈萨克族牧民的毡房

星星

落在伊犁河谷的脸上

晨风

吹过那拉提牧场

草原

走下那拉提的山坡

绿色的瀑布

挂在伊犁河谷的天边

昭 苏 草 原

来到昭苏

伊犁大草原的一扇院门

便轻轻打开,油菜花翻滚金色的波浪

阿盖贡提的石人

在草原的怀里沉睡千年

乌孙山的雪峰,在夏塔草原上朗照

西极马回到故乡

牧马人气宇轩昂

银莲花,金莲花铺满野山

特　克　斯

特克斯
挂在了八卦城上
乾元地坤的风水流进特克斯城里
喀拉峻美丽的荆冠,戴在木扎特雪山的头上

黑走马在草原上起舞
乌孙的马蹄声
依然在历史的长河里回响
细君和解忧还在草原回荡

阿尔泰山下（组诗）

布 尔 津

碧蓝的绸缎
从喀纳斯湖飘下
飘成一条碧蓝的河水流向远方

布尔津
静谧，安详
是一个少女清澈的眸子

额尔齐斯河

静水流深
流向北方

流向斋桑湖和北冰洋

这个藏满黄金的地方
在阿尔泰山的怀里,柔美如丝
在傍晚的余晖里,她美丽的眼睛一闪一闪

从可可托海归来

从可可托海归来
我带回云杉的松籽和额尔齐斯河的涛声
我无法入睡,八月的晚风
轻拂我的思绪,静谧的可可托海在松涛里回响

遥远的可可托海
让我在回望里看到了它那遥远的身影
有人在淘金
有人在铸铁
我们的父辈在挖矿
这是一部阿尔泰山的史记
一页页回翻,就是一部惊心动魄的影像
岩画缄默,鹿石飞翔,石人沉思
一幕幕穿越历史的大剧,在草原上回放

可可托海
一些故事被可可托海的牧羊人唱出
有一些故事在发酵
还有一些故事,在历史的岩石里沉默

从可可托海归来
神钟山的钟声,依然在耳边轻响
那声音像春风的低唱
隐秘、从容而又势不可挡

神　钟　山

一口大钟
在警钟长鸣
放肆
妄为
都在大钟的眼里
钟不说话
只有风,在轻轻絮语
鹰,在神钟山上高高地飞旋

喀纳斯诗章（组诗）

喀 纳 斯

到了湖边
才知道碧绿的湖面
照彻心底
照彻我那少年时的双眼
从远方
我是赶赴一次童年的约会

喀纳斯
一片蓝色的梦在波澜起伏
我是游子
跋涉在你遥远的梦里

北方以北,是湖怪的传说
是碧海的蓝天,一望无边

喀纳斯抒情

一次一次倾听你的情歌
一次一次掀起你的盖头
一次一次躺入你的怀中
喀纳斯,洁身如玉
一条白色的丝巾
从山顶飘向了远方

喀纳斯心湖
深沉
宁静
纯洁
沧桑
微微的波澜
不惊扰云杉的松涛
不淹没牛羊的欢唱

今夜,我在喀纳斯想你

今夜
我在喀纳斯想你
从明亮的窗子望向夜空
那一颗颗的星子向我涌来
我知道
我的情思已溢满心海
望尽夜空
望尽天涯的那一队队鸿雁

喀纳斯
在这静谧的夜晚
让我静静地想你
从纯净的爱
到美丽的脸庞

喀纳斯
在这个夜晚
没有比想你更美丽的事
想一个快乐的人
尽心尽力的人

想你,在这纯净的湖边我心潮起伏

喀纳斯
今夜,就让我拥你入怀

喀纳斯的冬天

一个硕大的金盘子
托在喀纳斯的山顶
山谷肥硕的雪野
张开笑脸,而我心中的雪豹
已越过山脊
喀纳斯换上了晚装
她比盛装的新娘还要美丽
喀纳斯
我在你千里冰封的雪国
穿越你跌宕起伏的山谷
让洁白的雪野
洗涤我的灵魂

做一个纯粹的人
竟然是我无法企及的山峰

我拗不过内心的那些黑暗

一边在洗涤

一边又在增加我的黑色

不知不觉,我已走过了大半个人生

在寒冷的冬天

穿越喀纳斯的山谷

让洁白的雪野

穿越我的心灵

青河纪行（组诗）

白桦林的眼睛

那么多的眼睛
凝望秋天
黑色的眼睛
一双双黑色的眼睛
在金黄的白桦林里
凝望远方

青河的秋天
一片金黄的白桦林
一双双黑色的眼睛
凝视远方

它在盼望，一个丰厚的秋天
滋养冬天的牛羊

现在
牛羊在桦树林里悠然地吃草
阿尔泰山
沉稳坚毅
一身金甲的队伍
已经在河边悄悄地集结
暴虐的风雪
会在一个漆黑的夜晚
偷袭整个的山野

白桦树的眼睛
警惕
凝望
在判断下一个春天的时光

可 可 苏 里

可可苏里
不大的海子，像首诗

在阿尔泰山金色的诗集里荡漾

深秋

海子一片宁静

有一句箴言："再小的湖泊也有成熟的秋天！"

可可苏里

像个处子

这个世界,已经没有再能惊扰到她的事

秋风吹过

微澜不惊

谁的眼睛,还能一眼看穿秋水

青　　河

大小青河

在金山下拥抱

交尾

这是一条河流的婚礼

荡漾的身子

激情澎湃

青河

一条涌流的岁月

在草原上奔跑

在阿尔泰山下起舞

所有的语言

都沉默如金

草 原 鹿 石

是英雄的墓碑

还是部族的徽章

在大草原的风里

我们无法听到

也无法看到它隐去的身影

一方鹿石

其实就是一部草原的诗篇

在草原的风里,轻轻歌唱

一方鹿石在草原奔跑

一团灵魂的火焰,在鹿石上燃烧

而鹿石的方向

一定就是太阳升起的地方

一 首 民 歌
——在青河听二毛唱哈萨克族民歌《哦，我的黑眼睛》

在青河

听二毛唱哈萨克族民歌《哦，我的黑眼睛》

"天亮了启明星哟升起来了！

我的家又要搬到红石山哟"

二毛是不喝点酒就不唱歌的人

二毛喝了点酒，唱得动情

他像骑在马上，望着启明星

在搬自己的家去红石山哟

作为青河《通天之声》专辑的音乐制作人

二毛为这些民歌的选录

动用了不少的心思

青河是个唱民歌的地方

一个山坳隔着一个山坳

民歌就会翻过山坳，在草原上飘荡

二毛曾翻过一个个的山坳

才采访到了这些民歌的歌手

唱起这些民歌

就格外动情

"世上只有野马最快
有谁能比上你更可爱
别忘了林中相约永远相爱
哦，我的黑眼睛"
二毛唱到这段副歌的时候
眼含热泪
二毛的心
被民歌融化
被真情燃烧
"哦，我的黑眼睛"

多少动人的故事
都在青河的山坳里回荡
在青河的大草原上流传
当我在翻过这一个个山坳
我在寻找着红石山
在寻找着二毛歌声落下的那片草原

吉木乃随想（组诗）

萨吾尔山

吉木乃睡在六月的草原上
我们睡在了萨吾尔山上
多么惬意的晚上
星星的眼睛
布满整个吉木乃的夜空
让诗歌飞翔在六月的草原

六月萨吾尔山
在风中起舞
像一个英雄
在草原上高蹈
诗歌静卧在萨吾尔山的怀里

草 原 石 城

巨石横卧
是上天掷出的骰子
在萨吾尔山上星罗棋布
还有什么
能比草原石城
更高傲的头颅

在西部新疆
一个巨人的胸怀
像草原辽阔的原野
一望无际
当我站在萨吾尔山上
走进萨吾尔山的怀抱
扇形的地平线
向天边无限地铺展
草原石城
一个梦幻之处
在中国西北的天涯
静谧地安卧

风

静静地爬过了山脊

向我们张望

初夏的西部

诗歌的到来

让草原都换上了盛装

在遥远的天边为你歌唱

于是一个临盆的婴儿

在草原石城,呱呱坠地

木斯岛冰川

苍白的头发

自山的峰顶款款披下

像一个老人的故事

在山崖里哗哗地流淌

木斯岛冰川

一个地质年代的标本

珍藏在西部新疆的怀里

克拉玛依（组诗）

克 拉 玛 依

一个用石油命名的城市
它的底座是什么？
一个用石油命名的城市
它的雕梁画柱是什么？

在炽热的烈日下
我们穿过油田
磕头机在一群一群起舞
这是七月的准噶尔盆地
古尔班通古特沙漠像被烈日烤熟的豆饼
采油树指明了黑金流走的方向

指挥塔通过视频向各个班组下达着指令
这是七月的准噶尔

克拉玛依
你所有的黑金都在烈日下熔化
在一片片沙漠和戈壁的深井里流淌
石油人的汗水
把你烧炼成一桶桶黑色的黄金
在一台台发动机的心脏里燃烧

乌尔禾魔鬼城

魔鬼城没有魔鬼
只有风在撕扯着地壳的黄袍
魔鬼城没有城池
只有虚虚幻幻的海市蜃楼
在乌尔禾的荒野中
疯跑

乌尔禾
这是能套到兔子的地方
石油人却在这里钻出了黑金

盖起了高楼
风说
这是能够听到魔鬼嘶叫的地方
石油人却在这里架起了钻塔
让一条条管道走向了五湖四海

魔鬼城还在演绎
"西部乌镇"
"准噶尔雅丹"
它,还在等待你继续命名

一本铁皮书

一本用铁皮
装订封面封底的书
是我一生第一次看到
一本在新疆指挥打石油的书
用铁皮装订封面封底
是石油博物馆独一无二的珍藏

一本独一无二的书
在克拉玛依的石油博物馆

让石油在新疆的钻探

有了非同寻常的经历

一本铁皮书

代表了克拉玛依昨天不朽的勋章

阿拉尔纪行（组诗）

胡　　杨

活的胡杨

在阿拉尔郁郁葱葱地走向天空

瓦蓝瓦蓝的天空下面

苍绿的胡杨

安静如初

天空是面镜子

照着安静如初的胡杨

胡杨望着风尘仆仆的我们

欲言又止

而死了的胡杨

留在了阿拉尔

白色的胡杨也走向天空

瓦蓝瓦蓝的天空下面

一片白白的胡杨树干

静默如初

天空映照着胡杨

胡杨看着躁动不安的我们

三缄其口

篝　　火

篝火在沙漠里燃烧

风在舞动

火苗穿着艳丽的裙子

在风中歌唱

我看着火苗的热血

在血脉里激荡

这是沙漠中的晚会

阿拉尔的夜空里

亮着诗歌的星星

谁在歌唱

篝火的舌尖唱出婉转的歌声

沙漠的灵魂

与篝火交媾

诗歌

穿过夜空下的沙漠

与风拥吻

三 河 会

在阿拉尔

和田河

叶尔羌河

阿克苏河

一家三口走到了一起

成为塔里木的家族

奔赴前方

前面

是焦渴的土地

是劳作的人民

是嗷嗷待哺的生灵和庄稼

塔里木河

穿过盆地

走在苍茫的西部

阿拉尔

塔里木河从这奔赴前方

浩浩荡荡地穿过沙漠

戈壁和绿洲

南疆

在河水的滋养下苍绿起来

在阿拉尔

我看到一位母亲

喂养着塔里木盆地的孩子

行走玛纳斯（组诗）

玛 纳 斯

一个巡逻兵沿河而上
向南就是向着河源的山巅

风是扑下河谷的心魔
吹绿春天　吹绿我们的生活
望一眼山庄　望一眼红酒公园
似乎都是玛纳斯的诗眼一闪一亮
其实山下的村落
一直潜伏在我意象的背后，若隐若现
肯斯瓦特水库
是一方碧绿的天井收住了我的视野

一条河

自南向北,蜿蜒起伏

一个巡逻兵沿河而上

一走,就是一生的路程

玛纳斯湿地

现在

天鹅每年都在湿地歇脚

这是吉祥的白云,来自天边

一片湿地就是候鸟一生的卷宗

天鹅的爪印

写下一篇篇动情的散文

引颈的高歌

鸣唱着泣血的情诗

玛纳斯湿地

是大师笔下的一幅水墨

潇潇洒洒

气韵悠然

大鸟天鹅,是水墨里

画龙点睛的绝妙一笔

凤 凰 归 来

浴火重生
凤凰,再次归来

梧桐树
在玛纳斯大地枝繁叶茂
凤凰的双翅
飞向玛纳斯河岸

一只金色的凤凰
最后落在了玛纳斯硕大的梧桐树上

博尔塔拉诗草（组诗）

赛里木湖的夏天

夏天
赛里木湖是一个温顺的姑娘
翠蓝的宝石
在北天山的腰际闪闪夺目

大西洋最后一滴眼泪
含在准噶尔汉子喜悦的眼角
含情脉脉
这是夏天
一千只眼睛

从太阳的眼睑射向我们

在这滴眼泪里

我听到蒙古人悠远的长调

看到赛里木草原奔驰的马群

天鹅,带着它的雏鸟悠然地游弋

金莲花,长满湖岸

这是一帧惊艳的风景

出嫁的新娘

扑向它的怀抱

洁白的婚纱,是天鹅在赛里木湖诗意的注解

还有什么

需要我们用语言解读生命的底色

在果子沟的毡房

走进果子沟里的毡房

西天山的秘密才被打开

天山的雄鹰

盘旋在西天山的山尖

这是天山的守护神

我们的到来,让它警觉

我们没有惊扰雄鹰的神经

走进哈萨克族人的毡房

我们品味一碗碗飘香的奶茶

果子沟

是我们探秘西天山的一个入口

大片野果林的后面

是雪峰

是一朵朵坚韧的雪莲在任性地怒放

而在果子沟的毡房

我在遥想天山雪峰的一次次历险

早晨

我被鸟鸣和牛哞叫醒

河谷的溪水

是果子沟的晨曲

太阳伸着懒腰

我揉着一双惺忪的眼睛打量毡房

横七竖八的睡姿

告诉了我昨夜的狂欢

在果子沟的毡房

我一直在解读博尔塔拉的内涵

在思索西天山孔道将要告诉我的秘密

我看到的是一座雪峰连着一座雪峰

一朵白云连着一朵白云

一 片 花 海

在赛里木湖的北岸

一片花海

扑向了天边

爱花的女人就是一群飞舞的彩蝶

金莲花银莲花格桑花

都是女人心中的牡丹

一片花海

就是一群蝴蝶沉醉的梦乡

我看着

纷飞起舞的蝴蝶醉卧花海

遇见喀什（组诗）

喀 什 噶 尔

一条鳗鱼

沿塔里木河溯流而上

在叶尔羌河岸

就已听到了班超的足音

落下天山的夕阳

是挂在疏勒城的灯火

在西域之南的边陲守夜

喀什噶尔

作为一座新城

你是我迎娶新娘的新房

十字路口

喀什噶尔一直都是

西域古道的栈桥

像宝石镶嵌在中亚的王冠

一条叶尔羌河的玉带

系在塔克拉玛干的腰间

格外的飘逸

天山的底蕴

昆仑山的血脉

都在喀什噶尔的身体里生发和流淌

走 进 莎 车

滚滚流过的叶尔羌河

千里的麦浪

是你麦西来甫的韵致

在莎车大地,高亢和金黄

木卡姆的歌声

沿着叶尔羌河岸一声,高过一声

遇见莎车

是叶尔羌河的召唤

是南疆的春雨
沐浴朵朵含苞欲放的春蕾

多少年了
莎车站在丝绸之路的古道
鼓乐齐鸣
翩翩起舞的姑娘曼妙如燕
卡龙琴弹出岁月的沧桑
艾捷克拉起往事的艰辛
莎车，莎车
你是我回望已久的新娘

第二辑

岁月的光华

扫码查看

☑ 探寻更多书香
☑ 听赏配套音频
☑ 选购心仪物品
☑ 探访书香新疆

我们的八十年代

冲击波

像南极闪耀的极光

一次次震撼着我们

我们的目光

应接不暇

惊异

振奋

渴望

我们是边疆的孩子

看了《灰姑娘与水晶鞋》

看了《狐狸的故事》和《望乡》

后来

我们还读了萨特、弗洛伊德、马斯洛
我们以为找回了那把丢失已久的钥匙
我们打开了家门
还悄悄写下一封封情书

崛起,我们在崛起中亢奋和挣扎
我们摸到了石头的本质与河流的方向
我们迷信与幼稚的笑脸被闪电击碎
我们翻过了童年那道高大的围墙
像罗丹的《思想者》
我们像是从《平凡的世界》里走出的孙少平

整个的八十年代
我们像记住河流与海洋一样
记住了起早贪黑的读书
与生生不息地跋涉

夬夬而行

一路坎坷
一条泥泞的小路
没有远方
远方已是暮色苍茫

夬夬而行
在逆风的夜晚
苍穹,笼罩着地平线
启明星,没有升起在天边
北斗,是餐桌上一把硕大的铜勺
你无稽可凭

夬夬而行
漫漫的路途才是归宿

绵延的思绪

绵延的海岸线

把我揽入大海的怀抱

绵延的山脉

把我揽入高山的怀抱

绵延的思绪

把我揽入怀想的怀抱

绵延

一根丝一根丝地拉长

从作茧自缚

到破茧而出

从蚕茧到蚕丝

从夜梦难醒,到辗转反侧

丝，在一根一根地抽
梦，在一个一个地醒
怀想，在一缕一缕地飘
最后，绵延的思绪幻化成迷宫

苏醒
五彩缤纷的迷宫突然破碎

迷失的前方

走着走着

我又走回到了以前的路上

这是没有想到的现实

我青春朝气的热血

激扬文字的才华

不负重望的信念

被我急功近利的偏执

带回了老路

回到了我破旧的老宅

回到了一亩三分地的家乡

我是农民的儿子

曾经向往都市的生活

可是走着走着

我基因的密码

把我带回了家乡的老路

我不知是在什么时候迷失的方向

我的迷失

让我走出的路途重归于零

回到原点

我若有所失

风还是以前的风

雨还是以前的雨

那些似曾相识的面孔

斑驳陆离的往事

不堪回首的爱恋

都在一帧发黄的旧照里惺惺相惜

迷失的前方

是我的内伤

终其一生

我都没能走出那间破旧的老屋

转 过 身 去

转过身去
似乎就走向了另一个方向
路走不通的时候
就得转向
这是血液里的经验
我用本能的判断感知前方
一阵微风
树叶沙沙地在响

生活就是不断地调整自己
也在不断调整环境和时光

转过身去

不是要背对春光

而是在寻找春风的气息

和飘来的祥云

我盼望风调雨顺的年景

盼望走过路途的滚滚麦浪

转过身去

我学会了调整

学会了自嘲

也学会了心知肚明地义无反顾

没有航标的远行

大海之中

再次起航

这只能是一次没有航标的远行

海平面上，没有起浪

但我的心中

却是波澜壮阔

这次远行

是孤身向海的远航

天涯海角

极目远眺，我看到的只是沧海茫茫

远行

一次向南向海的路，是一片苍凉

谁会在海角天涯,为你打伞
谁会在月黑的夜晚,把星星点亮

没有航标的远行
注定是一次孤注一掷的流浪

大 风 过 后

大风过后
就会是一场疾风暴雨
我在等待一场疾风
连根拔起那些老朽的树干

等待
大风过后的等待
让我焦灼
我在等待中一下老去
满头的银发，寒冷如霜
于是，我知道我的等待
是落地的枯叶

大风过后,下不下雨
我已无法预想
冒烟的土地
干枯的河床
一直等待一声炸裂的闪电

大风过后
大雨如果紧随其后
干裂的河床
就会发出欢欣的笑语
一片树木,就会拔节
枯黄的草原,就会挺起绿色的胸膛

大风过后,我静听
远处的雷声在渐次滚来

一望无际的原野

向远看去

一望无际的原野

依然在我内心的深处

一座座的高架桥、一幢幢楼盘

挡不住我遥望远方的心愿

我沉默不语

不是我语言贫乏到无以言说

千言万语哽在我的心头

抬头远望

才能抒发我看穿秋水的言语

一望无际的原野

野马奔驰

鹰,盘旋在高蓝的天空

草原上的酥油草

被羊群一片片收割

无以言说的内心,开始敞亮

被楼群和喧闹堵塞的心灵

豁然开朗

一望无际的原野

在我郁郁寡欢的日子里

像泉水洗涤的目光

我那险些失明的眼睛明亮起来

回 过 头 来

走得远了

就是一条没有际涯的孤旅

回过头

或许有风的轻拂

不要走到了崖口

你才大惊失色

走到这

就已看到了斑斓多色的风光

清澈的溪流

青色的草香

山峦的峻峭

玫瑰的芬芳

这些,足够布满你的心房

静下心,慢慢打点

回过头

再看这些走过的风景

会有许多不足为道的细节

被紫红遮掩

像涓细的泉水

像轻盈的蜂鸟

回过头来

还可以回味一些

突兀的言语

和那些疑惑不解的执念

生活的样子

生活

是被求生的欲望牵着奔跑的野牛

隐忍、倔强、执着、气馁

真诚,还有谎言

它们搅拌在一起

成为我们生活的亮点和曲线

生命在动态中活着

就成了我们的生活

可以静观

也可以风雨兼程地走过一生

活着的长度,折算不成你生命的重量

宽阔的胸怀

才会让生活的空间

开始辽阔

生命的重量,是高密度能量的增长

生命,本是一次无意义的远行

最后被我们注入了目标、远方

爱与悲悯

从而成为我们深孚众望的一次远航

回　归

土地回到春种秋收的季节
大河回到清澈见底的时光

孩子回到母亲的怀抱
我们回到久别的故乡
雪,回到落地的时刻
星辰回到华灯初上的晚上

回归,是返璞归真
也是天健地顺的风光

安 静 下 来

安静下来
狂躁的心,遭遇轻抚的微风
宁静的夜,下起毛毛的细雨

在新疆
在阿尔泰山的脚下
一条浩荡的河流,清澈见底

宁静的夜晚
让我回到平静的生活
回到了漂泊已久的港湾

回到宁静的星空之下
回到与心默默对话的那个时光

暮色苍茫

暮色苍茫

前路漫漫

夕阳下一队雁阵款款向南

这是宿命

励精图治,你就得翻过万水千山

你的路途在苍茫之下

夕阳后,就是无尽的黑暗

天是望不到尽头的孤旅

你独自默念

这时

一盏灯

就会在远方慢慢点亮

暮色苍茫

所有的努力都是你骨头里的意念

在黑夜里闪亮

在寒风中绝响

而艰辛的脚步

在泥泞中踟蹰,在孤独中蹒跚

可谁能杀死你梦中的雪豹

在山坳里独行,在峭壁上攀缘

归宿,是你一步一步地前行

是汗水浸入你骨髓的积淀

暮色苍茫

再黑的路途也会看到夜空的星光

再冷的寒夜

也会有你在黑夜里点燃的篝火

心　灯

——诗和远方

酥油灯

在佛龛上点燃

佛寺静默

迦蓝静卧

一尊佛，三炷香

依然是困顿

依然是迷茫

点燃一盏心灯

在心中朗照

默念一卷诗经

在暗夜里闪光

再远的路

都有心明眼亮的一盏灯

空　山

空山

剩下寂静

所有的喧闹都在山外

山里的静寂,是溪流的涟漪

山外的喧闹

你无处躲藏

幸好我已走进了空山

在俯身倾听溪流的水声

空山还有

千年的石头沉默不语

车　　站

到站了

我茫然四顾

看不清站牌和方向

走累了,都没能走到要去的山谷

孤旅的脚步在风中穿行

而南归的雁阵在高高飞翔

春去秋来的风霜

一直敲打着苍老的心房

该下车了

2022年的年关

我提着一生疲惫的行装

走下车站,四野茫茫

西 北 望

不射猛虎

不射天狼

雪峰之下

是茫茫的草原,在翻滚绿浪

阿吾勒的毡房

炊烟袅袅

不看日出

也不看月光

天山南北的牧场

牛羊满山

胡玛尔与阿依古丽的婚礼

在歌舞中酣畅

草原沉醉在

马奶酒飘香的风里

不想白云

也不看海洋

西部的风光

绵延千里

一座天山

就是一条自东向西的翼龙

起舞

辉煌

岁月的光华（组诗）

致　春　天

你带着春风
吹拂冰冷的大地
让草木节节拔高
让我苍凉的内心长出一树繁花

信　任

道路以目
我从一条心脉，看到了你的心房
看到你心潮起伏的春风和灵魂深处的光芒

不仅是美

还有沉静如月的黄金和吐气如兰的芬芳

以及旷野、蓝天、白云和孜孜以求的梦想

你一次一次的开放

让春天灿烂,夏日辉煌

让一生一世的生活,有了可以靠岸的方向

认定,让我的信任

有了钻石不碎的信念和海纳百川的胸膛

又是一年的酷暑在榨干我们的汗腺和希望

可走着走着

我们就走成了灵魂深处的风光

你是春天的花香,我是夏日的麦浪

秋天的玫瑰

到了秋天

你依然如此芬芳

年轮的芳华

在你艳丽的花瓣里绽放
岁月的甘露
在你殷红的花蕊里晶莹地闪亮

一朵玫瑰的芬芳
让整个的秋天都灿烂金黄

一　　切

一切你都知道
只是若无其事
风,依然在轻拂
湖的心绪,漾起微澜

咬住一个字的尾音
默默坚守
这是一个丰盈的夜晚
朗照的月光
呈现一湾清澈的小溪
走着走着,月就圆了
前方的路,山高水长
心有多疼,才能按住心中地波澜

情有多长,才能咬紧拨动的心弦

波澜不惊
地壳下的烈岩仍在燃烧
其实,一切都没有发生
一切,都是你内心应有的样子

在 春 天 里

想你的日子
就是春天
葱绿的大地,溪流潺潺
清澈,坦荡
绿风拂面是你春的轻吻

春天里
心,长出一片春草
在节节拔高
诗歌长满碧蓝的夜空

春天里
杏花开过就是桃花

一朵艳丽的玫瑰开到秋天

热情,高洁

独自芬芳

细　　节

一个粗心的人

一次次地错过时光

没有过多的细节与记忆

风吹雨打,就淹没了那些生活的堤岸

你的细节

告诉了细腻的柔美

是一绫轻盈绚丽的绸缎

光滑,温婉

一条清澈的河水流过眼帘

相遇

不断的相遇

让指纹更加的清晰

一潭清亮的井水透过你的眼底

生活的炊烟,是一袭款款的雁阵

这样，在细节里我看到了光的底色
你的光点，源自你的善愿
道路以目
家人有爱，事遂人愿

坦荡　开诚布公的内心
是一弯夜空高悬的皓月
此时，我又想起了细节
我如数家珍地典藏起一件件细腻的往事

写好一首诗（外一首）

写好一首诗
我在用力地写好一首诗
抚摸土地的皮肤
洗净一颗颗石子
我从沙粒中洗出闪光的颗粒
从水中淘洗出一串串晶莹的句子

写好一首诗
我用一生最美的感情
热爱生活，积极向上
我爱每一个写下的诗句
爱朝霞的升起，夕阳的落下
爱春天的沐风，冬天里白雪皑皑的天山

我在写诗

我的笔开始生涩

我的热血,染不红西部的太阳

我的诗篇,唱不尽对大地的怀想

诗

读到的

是冰山的一角

冰山

在海面之下

冰山的一角

就足够品出冰山的味道

从诗眼

到诗魂

从冰山的侧面

进入内心

冰山的一角

就触及了灵魂

整座冰山
仍潜伏在水下

我的父亲母亲（组诗）

母 亲 在 上

走了的母亲
总是走回我的梦里
这怕是母亲放不下我
才回到梦里看看我的模样

自小，母亲病弱的身子
像在风里飘着
可是为了把我们养大
母亲还是拖着病弱的身子
在辛苦的劳作
挖石，烧砖，制衣
母亲干过很多苦活

为了让七口之家紧巴巴的日子

能过出飘着肉香的滋味

再苦再累,都咬牙挺着

最后母亲落下一身的病痛

她把我们养大

又带大了我们兄弟姊妹的七个孩子

孙子长大

她已挪不动那双疼痛的老腿

母亲是在病痛中离开我们的

八年的病魔一直死死缠着她的身子

最后抽干了母亲活着的气力

母亲成了一把枯骨,埋在了我的心里

母亲走后

我就成了孤儿

一直恍惚地游走在时间的隧道

我活着的意义

像是飘走了的炊烟

我是亏欠母亲的那个儿子

活在世上

可能就是为了能在梦里见到母亲

好让母亲安心地长眠地下

母亲的双腿

总在梦中
梦到母亲的那走不动路的双腿
在把母亲
一下一下拽入土中
我拉不住
被病魔拽住的母亲

母亲已走三年了
可母亲的腿
还搁在我的心里
母亲一生
都在不停地行走
腿走坏了
就把腿
落在了我的心里

卧床八年
母亲是被腿困在床上
无力回天

腿,耗尽了她的气力
她的膝盖
被岁月的砂石一层层地损坏
像沉沉的山石
压在她岁月蹉跎的心上

寒衣节梦到母亲

半夜
我被梦惊醒
梦见母亲身穿单衣
说"天气很冷"
我用力拉了拉
没能拽动母亲身上的那件单衣
我被惊醒
我一身的冷汗

打开手机
我才知道这是寒衣节
我愣怔了一下,愧疚不已
母亲已走四年
可时不时我会想起母亲

那可口的饭菜
那望着我回家后的笑脸

下个寒衣节
可不能再忘了给母亲
烧件寒衣送去
不然，她会在那里很冷

梦中的父亲

梦里父亲
依然起得很早
掏去昨夜的炉灰
放入木材
点着了炉火
"哗"的一声，炉膛就亮了起来

我在床上依然睡着
寒冬的早晨
房子开始热了起来
放入炉膛的煤，着得很旺
梦中的父亲

依然是我童年的父亲

当炉膛的煤炭着旺以后

他就出门拿起了扫把　打扫门外的积雪

梦中的父亲

没有变老

没有像去世的时候那样苍老

冬天的早晨,虽然寒冷

但梦中的父亲

却很年轻

清明时节雨纷纷

雨雪霏霏

今天一脚,就踩在了清明的雨里

天空

一直都在下着蒙蒙的细雨

在送走父亲二十五年后

我们又送走了母亲

两个辛劳一世的老人

被他们的儿女亏欠

在天堂的日子里

您还走得辛苦吗

扫墓
扫去阴霾
扫去忧伤
我们却没能扫去忏悔
雨,像泪水一样流着

我们死后
会有人去扫墓吗?
扫与不扫,我们都会
最后在时间的路上不期而遇

第三辑

回望的光芒

大中国系列（组诗）

中　国　陶　瓷

陶瓷
用很硬的质料站立世界
用明亮的光泽
闪烁着人们的眼睛
世界上还没有什么
能比这种被火烧制的土
更光明、坚强和清丽的了

陶
从我们的仰韶文化
就开始烧制和釉染

在淄水和景德镇的窑中

美丽起来

从唐开始

陶瓷　就以中国的名义

在世界展望

China 以色彩斑斓的光芒

在英语世界中流行和闻名遐迩

所以　陶瓷最能代表中国的性格

和中国的文化

即便在它牺牲的时刻

它也以粉身碎骨的精神

来捍卫中国人的气节

中国陶瓷

拥有千年不变的质色

我们无论是从古老的传统文化中挖掘

还是从淄博景德镇的新窑中烧制

中国陶瓷

一直都拥有着光明、坚强

和清丽的质色

世界上还没有什么

能改变 China 的气质

中　国　铜

铜

很早就被我们的祖先找到

在弓箭拉成满月的时候

铜　便被我们的祖先射穿

于是　我们的祖先

就已懂得了金属的媾和

青铜

这个黄白的混血男儿

诞生在地

炉膛　就是它孕育生长的巨大子宫

青铜出世　就以父母吃穿的工具

和孝顺祖先的方鼎　而闻名于世

从铲锄斧刀、青铜钺

到后母戊鼎

青铜　把我们中国铸造成了文化

特别是中国铜在张衡的手中

竟被锻造成抗震的仪器

这不能不让人类景仰

铜

后来也浮华和高贵起来

我们在故宫博物院的展柜中
看到最多的
是皇妃佳人的铜镜
铜
特别是以孔方兄的身份
在街市上到处做媒
把生活贸易得风姿绰约
大大小小的街井市人
全都穿梭不绝在它的方孔之中
铜　得意地笑了

中 国 历 史

沿着根部
我们就能找到祖先的源头
找到刀耕火种的漫漫长夜
找到石磨
碾出的那一粒粒往事
找到那头黄牛
犁过的一道道沟坎
真的
当我们借助周口店门前的那堆篝火

我们就能清楚地看到

北京猿人的利齿

是怎样咬断植物的根茎

咬断一条条原始的锁链

在那艰难地踟蹰

多少年来

我们一直都是跟随着姬姓的轩辕

从那清澈的《黄帝内经》中汲取着

甘冽的泉水从而茁壮成长

当我们抚摸历史的两壁

我们便会从那斑驳深刻的花纹中

听到清晰如许的汉赋和唐诗

听到一首首壮怀激烈的宋词

此时　我们的心头

就会在味蕾上

开放出一朵朵香醇的花蕾

当我们看到李冰

手按都江堰的宝瓶口

那巴蜀的滚滚金浪

就奔腾不息地

流入了众生蠕动的胃里

当我们看着灵渠、郑国渠和京杭大运河

在那孜孜不倦地养育着我们的先民

他们英俊美丽

我们激动不已

中国历史　真令人振奋

从女娲补天的神话

到大禹治水的传说

都像史诗一样悲壮美丽

不论你是打开长城、波澜壮阔的《史记》

还是翻阅黄陵、秦陵

和十三陵的博大壮观

它们都蜿蜒起伏　宽广雄伟

哪怕你轻轻抚摸一下曲辕犁和筒车

都会触碰到历史的脉搏

中国历史

自隋唐和宋　就开始用罗盘定位

用爆破开凿　用纤维纸和活字

印刷起文明的生活

这让我们至今都无比的自豪

我们从《梅花三弄》的古琴声中

或者是《春江花月夜》的琵琶曲里

摸到的都是　清纯饱满的感情

可头戴花翎的大清

却被一场午夜的暴风雪冻僵

被洋人制造的烟枪击中

那一片片的雪花像一把把罪恶的匕首

向我们的母亲纷纷地飞来

我含辛茹苦的母亲呵

我鲜血淋淋的母亲呵

当你悲痛地咽下满目的忧伤

匍匐在黑暗的夜里

那艰难困苦的岁月

就像噩梦一样萦绕在我们每个

炎黄子孙的心头

从三元里到黄花岗

从洪秀全到孙中山

我们不知用去了多少血雨腥风的苦难

来雪耻着你这一百多年的屈辱

缅怀先哲（组诗）

先哲老子

骑着青牛的老子

胡子很长

他走在高深莫测的道中

非常潇洒

春秋末年的那场暴雨

总是打不湿他那飘逸的长衫

他便自言自语地在道上

把或有或无的关系

摆弄成了一对幸福美满的夫妻

硬是想过一种鸡犬相闻的日子

可是来来往往的嘈杂

让他反感

然而在那百家争鸣的光景里

要想找块清静无为的生活

实在是太难

一年的夏天

孔子提着一只很大的鸿雁

请他指点一下人生迷津

老子就用长满老茧的书

轻轻地摸了一下孔子的前额

中国第一个大儒

于是便在鲁国诞生

其实老子从不姓老

只是他山高路远的学问

累坏了这些跋山涉水的后生

后生们无奈　就称他为老子

而早就想归隐的老子

有次在函谷关云游

不慎一下给掉进了云里

临别　他怕被人遗忘

就悄悄放下了一封

五千字的韵书

留给后人们

世世代代地咀嚼

如今　我们沿着这些

朗朗上口的句子

踩着他的合抱之木

和九层之台

去找那个看不见的老道时

我们只能望而生叹

可坐而论道的老子

从没走远

他驾着一条顺其自然的翔龙

在天空中随意地飘游

走时　只是没给我们留下一点

蛛丝马迹

大 圣 孔 子

周游列国的孔子

把鲁国人宽厚的嘴巴

走得又大又瘦

他含辛茹苦地挤出大碗大碗的

金科玉律　端给了各国的君王

可这些犯着胃病的国君

全给他吐在了桌下

痛心疾首的孔子　哭了

酸涩的泪水

浸透了整个春秋战国的城郭

无奈的孔子

只有一板一眼　薄利多销地做起

家无三斗米的生计

可那三千多个弟子

被他营养丰富的语言

全都喂养得肥肥胖胖

贤者还七十

生气的孔子

也会出言不逊地大骂

"粪土之墙不可圬也"

绝大部分的时光

他都在忙忙碌碌地

用礼、乐和子曰的名言

走南闯北

身高一米九的孔子

吹起《韶》来　格外动人

他弯下身子一吹

就会三月忘味

楚国的那个狂人

笑他六十岁的憨厚

便用傻傻的调子一唱

他就从韶乐中惊醒

于是一石击起千重浪的孔子

心事很重

阔别十四年的故乡

让他潸然泪下

返归故里的孔子

还是韦编三绝地

把一节节竹简

雕琢成亭亭玉立的淑女

站在永恒时光的水中

越洗越亮

好逑的君子

两千年来都络绎不绝

越 王 剑

卧薪尝胆的剑

在越国沉寂了多年

而越王的故事

历久弥新

一把剑还原了一个东周列国的城垣

也泄露了

成王败寇的铁律

越王死了

却被剑叫醒

时光走了

却被剑劫持

剑,一把刺破天的双刃剑

越王的剑

除了卧薪尝胆

还有一段

凄艳如雨的风流

被西施演绎

被夫差品尝

而它华丽、喧闹和冷酷

却不留一丝温情

剑　侠

一把剑

悬在空中

在等待春雪的消融

雪在消融

剑，依然在空中

剑，在等待一个剑侠的到来

剑侠不再等待

剑侠回到了梦中

雪，在消融

剑，被时间熔化成了一只鸽子

最后

蓝天下

一个剑侠

会无所事事

等 待 荆 轲

荆轲的剑
一直都在图穷之后
图未穷,历史就在图穷之前
荆轲也在历史之前

易水之畔
历史中的英雄若隐若现
我们只是走在了历史之后
回首望去,一朵残云就是一片血案

等待荆轲
是在等待一次命运的历险
历史的风暴

曾经席卷过多少大山

可在历史的后面

依然会有绿色的桑田

等待荆轲

是在等待一个悲壮的传言

你执剑江湖

却血染了长安

天行以健（组诗）

大　水

很久以来

这种晶莹细腻的物质

就聚拢在我们的心头

像艳丽的鲜血

一直在起伏着我们生命的源泉

我们自水的方向走来

踩着水藻和三叶草

我们是始祖鸟

飞过了侏罗纪和新生代

我们是水的子孙

是水繁衍的文化和标本

水

沉重地流过了我们的历史和山川
流过了我们的记忆和时光
浩浩汤汤

多少年来
我们都是用手
在搓洗着水的皮肤
从水中　汲取着亮丽的光芒
水　姗姗而来
作为母亲
水　把我们拥抱和亲吻
把我们带入了世界　森林和房子
我们是水中长出的庄稼
是水中的海星和红珊瑚
是一尾尾游过文字的鱼
我们追随着水的足迹
为水而歌

水
这种海洋都无法涵盖的物质
这种巨手都无法紧握的金族
自天宇　流入了我们的心灵
成为我们美丽如玉的意念

一直流淌在我们的血脉

我们所有可歌可泣的功勋

都是源自对水的感情

是源自一种大水决决的气概

水啊　水

滴水石穿　还是翻江倒海

你都是一种柔韧无比的力量

永恒地积淀在我们精神的精髓部位

我们无法想象

无法用手　捧起一湾大水

而长歌当哭的水

从我们的纪年　流过

红 日 当 头

最先晒红头顶的

就是东北的高粱

依次才是江南的水乡

和北国的麦浪

红日当头

白裙子　绿裙子和花裙子们

彩蝶般地飞过一幢幢高楼和商厦

飞过公园的门楣

温文尔雅的语言

随地开放

再就是一群群的雁阵

人字形地在天空中游泳

它们准确地在表达着我们人的本质

太阳　为它们做证

为它们抒发着亘古的情怀

红日呵,这团火热的意象

在遥远的东方

风雨兼程地追赶着婚约的佳期

它潇洒的身姿

在我们的当头

金光灿烂

红日当头

所有的笑脸

都开放出喜悦的花朵

所有的岩石

都生长出绿色的新衣

长江　万里长诗般地跳入

我们美丽如画的诗行

激动着我们　悠久的文明

而游动的文字

开始在泛黄的史册中层层返青

飞翔的鸽子

在蓝天中　祥和地抒情

红日　这种令人震撼的形象

这种让人激动的温暖

在我们的当头

慈祥地微笑

河流　田野和山川

兄妹般地围拢在红日之下

舒展着它们怀春的热血

而原野的芳草

南国的木棉

和塔克拉玛干的红柳

都在韧性地繁衍

总之　只要有一方热土

一片温暖的阳光

它们

便会一岁一枯荣地生长着

当我们凝视当头的红日

我们就像凝视父亲的笑脸

幸福融融

大 风 起 兮

跋山涉水

风　从我们的肩上吹过

伴随而来的

有云和候鸟

我们的心叶

是无垠的天籁

是太阳风旅行的十万里归程

大风起兮

从萧萧的易水河边

从威加海内的烈士故乡

用雄壮的和声部

交响乐般地走来

这是中国

一个曾在《诗经》中

叫作国风的男子

从李悝和商鞅的驿站

踩着乡间的小路和期盼

走了两千多年

才走出的风光

风

曾很古典地唱过《楚辞》

唱过杜甫的茅屋为秋风所破的悲歌

从坎坷的神州路上

翻过重重的山岭和荒漠

走过了四季　走过

小小环球的黄土地带

千辛万苦地才走到了今天

唐诗和宋词

都曾为这种长风破浪的气势

所倾倒和流泪

于是几千年来

风终于酝酿成了一种心韵

在这大风起兮的日子里

很有节奏地

成为一种铿锵有力的声音

在我们的血脉中起伏

像摧枯拉朽和沧海桑田

都是风起云涌的韵致和细节

是风　呕心沥血的地貌

和风景

对于风

我们总是怀着一腔热血

怀着一种坚定不移的信念

无论它是起自于长江之东

还是南海岸

它都会越过黄土高坡和河西走廊

从我们的心间　穿过

阴山的牧草萋萋

天山的白云飘飘

风　不舍昼夜地

在高蓝的天空

在黄河的古道

在人迹罕至的楼兰

都会留下许多可亲的孩子

他们将会长大成人

并用我们的母语

写下一部部气壮山河的史诗

土地的颜色

土地是层很厚的皮肤

它像包容我们的血肉那样

在包容着地球的血气

而我们人类

则是分布在地球上的种族

黄、白、棕、黑地生长在洲的陆地

不断在迁徙着生命的情绪

于是　土地成了我们人类的

姓氏和肤色

在我们幽深的历史中生长

并浸染着我们的语言

和语言以外的所有部分

从而成为我们生命的本质

我们在土地上

饮食着地球的汗水和有机物

并成为地球的村落和风景

地球把我们孕育和抚养

给我们穿上了花花绿绿的年轮

并用淳朴的心境

把我们洗礼

从而使我们完成了一种

生命的纯正过程

我们的本质从土地开始

在实实在在的泥土中

金黄起来

当这种厚重的颜色

成为了我们的皮肤

并成了我们表达感情的一种语态时

我们的心情　便豁然地开朗

不妨　你可以摊开所有的平原

丘陵和河床

还可以打开地壳的中国部分

这种赤黄的粘状物质

从南到北　一直都在支撑着我们

沉重而又富饶的家园

不论是在冰川纪

还是在造山运动

它都没能改变我们的颜色

而小麦　水稻和谷子

从四面八方　走上大地

用高亢的颜色　会心地微笑

我惊异地发现

中国的土地

是被太阳吻伤的一块疤痕

焦黄　炽烈

五千年来　它都像胎记一样

存留在我们的脸上
向我们隐喻着一种神秘的信息

火

火窜动着
在荒芜的原野
在辽远的天边
呵——
这就是给我祖先
给我的父母
带来温暖带来希望的火吗?
我问苍天
问茫茫大地
我站在西部的戈壁
用哲学的利剑
在追寻火的踪迹

火风尘仆仆
从远古的山冈,向我扑来
那红绫鞋般艳丽的双脚
正在冰封的雪野上高蹈和舞动

火　与我们相伴

给我们带来了幸福和温暖

成为我们永生永世的新娘

她不仅烧制了我们的仰韶文化

和半坡氏族

还在心灵的深处

锻造了我们承担苦难的钢铁

大明始终

火　就以她的炽热和美丽

温暖着我们的寒夜

我们是靠火烧制的食物

才开始了文明的生活

多少年来

德光宏大的火

都以她的熊熊烈焰

驱赶着漫漫寒夜

烧去我们心头那一片片苦艾

不论是晨曦还是夜晚

火　都以她的美艳

鼓舞着我们凄美的一生

我们与火交媾

才在火的温床上
生产了石器、文化和温暖的希望
我们所有的温柔
都与火有关
并在一簇簇高蹈的火焰中美艳绝伦

献给王洛宾（组诗）

歌　声

青海湖边，一眼看到的
是卓玛的帐房
在那遥远的地方
慢慢升起的，是被您用心洗亮的月光
在蹉跎的岁月，越洗越亮

六盘山下，回族的花儿
是从干裂的黄土里飘出的麦香
被您记下，被春风带走
这壶浓烈的美酒，从此就在街巷里飘香

在青海,在兰州

您听到的新疆民歌,像夜莺的歌唱

飞过天山,您就是春天的燕子

在乌鲁木齐坐窝,在天山南北飞扬

牡丹汗的琴声,达坂城的姑娘

还有半个月亮,爬上了喀什姑娘甜美的心房

此时,您会在民歌里陶醉

在维吾尔族和哈萨克族的琴声里欢唱

所有的苦难

都是您牙齿咬碎的矿石

在胃里蠕动,在钢炉里烧炼

铁门锁住的,是您沉重的翅膀

锁不住的

是您心中的琴弦,在热血中激荡

《高高的白杨》《撒阿黛》

都是您的诗章

春暖花开

您的歌声就是破晓的春光

在大江南北的田野里轻唱

在天涯海角的月色里回荡

春风在哪,您甜美的歌声就会在哪
玛依拉的琴声,阿拉木汗的歌唱
伴随着青春的热血
在西部无垠的旷野,尽情翱翔

歌 声 响 起

歌声响起
我们的生活就洒满了阳光
新娘的盖头掀起
我们的人生就充满了金色的光芒

多么苦难的日子
您弹着吉他,走过青海湖和祁连山
走过星星峡和达坂城
这都是您心心念念的地方
康巴尔罕,康巴尔罕
"达坂城的姑娘辫子长呀,两个眼睛真漂亮"

歌声响起,打开心扉
您的夜莺在月光下歌唱
"阿拉木汗什么样? 长得不肥也不瘦"

歌声响起，朝霞就会映红我们的眼眶

这是西部歌王的琴弦

歌声响起

西部的大地，鲜花怒放

天籁之音，从草原吹过

一朵彩云，飘向了祖国的远方

阿曼尼莎汗

——格则勒的回想

一条河

穿过沙漠，就流成了蜿蜒起伏的叶尔羌

一个少女

弹起弹布尔，就唱出木卡姆的一弯月光

一次夜访

一个王汗，就爱上了一个百灵鸟一样的姑娘

一个王妃，走进王宫

就把自己嫁给了，十二木卡姆的殿堂

金色的嗓子，金子的心

叶尔羌的河畔，一只夜莺在深夜里歌唱

后来，卡德尔汗的琴声低鸣
深夜里阿曼尼莎汗的歌声忧伤

从此，十二木卡姆
在叶尔羌的夜空一夜一夜地回响

艾捷克流泪，都塔尔哭泣
一朵玫瑰的鲜血，染红了叶尔羌深夜

一位叫东海的诗人
六百年后在颂唱着阿曼尼莎汗的诗章

献给艾青

在大堰河的泥土中长出的嫩芽

长出了一枝伸向太阳的花瓣

你固执地攀援

西湖之水　为你踏青

为你浪漫的笑脸

荡起了涟漪

《恶之花》　从波德莱尔的手中

滑落　在巴黎忧郁的街上

把你擦洗成雪　擦洗成凡尔哈伦

和兰波的浆果

在黑暗的夜里　踟蹰

背起画架

你像背起阿波里内尔的那支芦笛

踏上了闸北

残破的楼头

1932年的雪

落在了中国寒冷的北方

也落在了大堰河的村头

你望着大堰河保姆的坟头

望着那檐上枯死的瓦菲

悲痛地哭了

哭声流出了铁窗

流成了一篇不朽的碑文

在南边的村头矗立

于是　松明从我们的身边走过

像太阳高举着火把诗歌

和延河之水

东方泛出了白光

泛出了黎明孩子般的微笑

当春风吹来

远方的呼唤

一下就震裂了天山的冰河

你虎斑贝般地站在礁石上面

像热烈的太阳

把我们认领　我们

只是你二十年罹难而丢失的孩子

是你希望盈盈的种子和诗歌

北　岛

无论是罪恶还是幸福,我们都铭记在心!

　　　　　　　　　——题记

一条河
在血脉奔涌
一条河
在历史中澎湃

一条河的激流
不舍昼夜地冲决堤岸

谁在岁月的远方
回望着我们

多　多

你从阿姆斯特丹归来

那时，正好春风拂面

那时正值阳光明媚

诗歌在你低哑的嗓音里震荡

白洋淀

东交民巷

知青回城的风里

都曾传颂着你的诗歌

低音炮

爵士乐

穿透古老长城的音质

这让我们震惊在梦乡

多少年后

我们才惊异于你文字的力量

我们抚摸你与北岛的诗歌

诵读一行行淬火的诗句

像看到了夜空

一道道闪电

短　蛇　诗

一

翻过阿里后向南攀缘

踏破铁鞋，就是诗的冈底斯山吗？

二

千山万水，汲取甘露的

是早行的圣僧在追赶的时光吗？

三

冈仁波钦,在雪峰之巅
让雪豹心颤的,定是诗歌的皇冠

四

西天取经,风雨无阻的
是诗风雨兼程披着的那件袈裟?

五

诗人的脚步来回徘徊
踩疼的一定是诗歌藏着的尾巴

六

诗的冈底斯到底在哪?
千万信徒仍在峭壁上苦苦攀爬

七

走了一路能够丢失的
绝对不是你心头的那个女儿

八

诗人走在漆黑的夜里
定会看到心脏捧出的那束鲜花

九

亦步亦趋,像小儿描红
长大后你会是飞檐走壁的剑侠

十

路途漫漫,我自斟自饮
最后,累累诗骨会映照我的晚霞

第四辑

季节的流转

扫码查看

☑ 探寻更多书香
☑ 听赏配套音频
☑ 选购心仪物品
☑ 探访书香新疆

立　春

明媚的阳光

照进心房

春风

吟诵一首曼妙的诗章

依连哈比尔尕山的松涛在内心回响

所有的窗棂

都打开了心扉,迎接春天的光芒

我,在迎接一次

沐浴春风的时光

春 天 来 了

走过寒冬
春天就会来的
站在山口
我已收到了春风的口信

春天
跋山涉水找到了我们
吹绿了大地草木和庄稼
吹绿我们荒芜已久的生活

多少年了
我们荒芜已久的内心
白雪皑皑

寒冷,从西伯利亚
像冰川一样
穿越我们的岁月

春天来了
地球的公转回归赤道
太阳的光芒照亮我们
其实,是我们的脚步一直在走近太阳

惊蛰（外一首）

惊蛰过后
依然是一片雪野
蛰伏一冬的虫鸣
还在等待
雪,在慢慢地消融
寒冷的冬季
一直在向春天延伸
在坚守寒冷的野蛮

春天
是阻挡不住的脚步
春雷会在后面震醒大地
春风会染绿所有的山野

寂静的春天
只是在等待

你听，冰河已破
春潮在山谷冲下了山野

又 遇 惊 蛰

大地还没有苏醒
苏醒的只是春天
冻土依然覆盖着大半个世界
春天拄着拐杖
一瘸一拐地走在雪花的路上
风，会吹醒睡着的草木
万物会在惊蛰的一声雷鸣里
抖动身子，扒开土层

初夏的六月

六月
只存留在我的童年时光
那里有最早的节日、白衬衣和运动会

后来
我忘记了六月,炎热的六月
让我失忆、痛苦、挣扎和昏昏欲睡

我一直没有六月的消息
没有六月给我的情书和贺词
一张被烈日晒焦了的报纸,挡住了我

今天
我要细细看看六月的太阳
看看热风吹过的街道

我看看
一个烈日炎炎的早晨怎样翻起身来
一个滚烫的地球怎样裂变

立　秋

秋已过
草已黄
大雁南飞去

天渐凉
水渐清
人已黄昏后

处　暑

这是处暑

我在夜晚的月色里静听

夜,静得茫茫无迹

这是月牙刚刚长出的夜晚

所有的秋虫,都已感到了寒意

处暑过后,就是秋风穿过黑夜的时间

现在

西部的夜晚

寒风已在西伯利亚蠢蠢欲动

萧瑟的秋风,会让西部的秋天满目苍凉

你,见过一路向西的满地落叶

但那不是,今年秋收的一地黄金

处暑

知了的叫声开始凄凉

温柔的月光开始冷漠

美好的日子已经过去

我已备好了冬天的寒衣

在黑夜来临之前

我得关紧那扇

单薄的家门

岁月就是这样

它一波一波地打发着

芸芸众生

暑去寒来，天健地顺

窗外，一个遗忘很久的朋友

正从夜的远方，向我走来

白露为霜

一滴露珠

透出秋天的风寒

昼，虽有阳光

但夜是寒冷的秋风

在你看不到的路上追赶

在水一方

伊人是秋日的红枫

独立山边

而白露则是枫叶上的晨光

曦曦闪烁

秋风

你这把冰冷的梳子

将会梳去我们多少岁月的星辰

秋 雨 之 后

秋雨之后
一节一节的寒意
随着秋风
寒气逼人

金秋十月
果实瓜熟蒂落
天山峰顶
一夜白头
大雁,拉满弯弓飞向南方

秋雨之后
一年的光阴已经不长

一生的时光恍如春梦
天,在一天天寒冷

静 听 秋 雨

很久没有静下心来听一场秋雨了
淅淅沥沥的雨，下了一天
树叶很快就黄到了头顶
满地的落叶，成为这场秋雨最后的战俘

下一场雨后就会是雪
雪会一次一次地覆盖西部
让茫茫大地白雪皑皑
西部，一个四季分明、牛羊肥壮的地方
我的大半生，都在这里
一阵风过，我都能闻到家乡的草香

秋雨下得绵绵不绝

让我想起一些往事

想起南飞的鸿雁

想起飘落在大雨中的李白和杜甫

寒风吹彻,我的眼眶开始朦胧

秋雨连绵

苍茫的天空,乌云沉沉

秋末的日子

一早

就是一个蒙蒙细雨的日子

我快乐地出门

一层薄薄的雨雾覆盖我的眼帘

快乐的日子,不在晴空万里

不在锣鼓喧天,雨淅淅沥沥下着

记住的日子

阳光就照进了心田

秋末

我的秋末,与今天的天气格外相似

阴天,小雨

没有寒意

细细的小雨
像春天的雨露
轻轻地滋润我沧桑的脸颊

记住的日子
就会在心里默默地惦记

霜　　降

到了霜降

夜晚的寒风

就是穿过骨缝的刀子

天山的头颅,被雪染白

这是秋天最后一个节气

过后,就是冰雪覆盖的冬天

乌鲁木齐,不知还要被冬季裹挟多久

万物冬眠,时光忘记了苏醒的日子

但是翻过千山万水

你还是能够听到春天的潮汛

重　阳

父母走后

我们就老了

父母先为我们去打探了归路

随后我们也将归去

年复一年，每个重阳

我都望着父母的背影

无言以告

他们的盐渍

已浸入我的血脉

在我的周身奔涌和激荡

重阳到了

我不去登高

颔首望去
一片苍茫的悲伤抵达雪峰
我已无力登高
高处是我无尽的凄楚
在岁月里蹉跎

立　冬

一步快过一步

立冬以后

西部就会走进冰雪覆盖的原野

寒冷

会乘着西伯利亚的寒风

光顾我们

飘荡的雪花

算是一场风花雪月的浪漫

立冬

是天寒地冻的警报

你得穿上冬装

准备寒潮的袭击

立冬

是一串串挂在窗棂的冰凌

晶莹剔透

寒气逼人

雪落西部（组诗）

雪 落 西 部

雪落西部
纷纷扬扬地飘满夜空
回到童年
回到单纯圣洁的那面

单纯和圣洁
对我还是如此重要
雪，下着
一次次地落雪，最后都落在了我的头上

小　雪

时节到了
雪,说下就下了起来
纷纷扬扬的
在夜晚的灯光里诗意盎然

这是傍晚
迎着雪花回家的人们,行色匆匆
而家,像母亲的怀抱
把我们温暖地拥抱
火,突然就在心里燃烧起来
万家灯火的光影在眼前涌现

雪,柔美地飘着
梦中的童年
从雪花里走过
放学回家的身影,历历在目

又 遇 小 雪

小雪的时令,从天而降
天,一步快于一步地走进了冬天

雪
飘在西部辽远的天空
这是入冬最美的舞蹈
一万个雪美人,翩翩起舞
在这躁动不安的夜里
静谧的雪
让风,归于风
让心,归于心

大 雪 封 城

午夜的风
在嘶鸣
在搜索所有的目标
在为一场暴风雪的到来打着前站

暴风雪来了

铺天盖地，像漫天的雪海

洁白的雪，在这个时节

铺天盖地地来到新疆

雪

在风的怂恿下肆无忌惮

大 雪 之 后

大雪之后

白茫茫的一片

一双脚印

就是一个猎人的留言

一树雪花

就是一个诗人的情诗

大雪茫茫

我在窗前远望

一些事，像飘落的雪花

晶莹，剔透

一些忧伤,像吹过的寒风
刺骨,惊悸

再大的雪
我的梦都会醒着

大　雪

说到大雪
大雪就下了

白茫茫的西部
是公主藏匿的宫殿

其实,王子
一直都没有公主的音信
寒冷的冬季如此漫长
立冬,小雪,大雪,冬至
一场一场的暴风雪
在西部肆虐和扫荡

大雪之后
我们会听到春风的消息吗？

在等待中
我们一年一年老去

大　　寒

大寒
乌鲁木齐的夜晚似乎不冷
寒冷的风雪
已经远遁他乡了

这是农历最后的一个节气
寒冷的冬天快要结束
春天的暖风
就要冲破天山的隘口扑向我们

久盼的春天啊
大寒已经破身
春风的情书
已经送达我的窗棂

大地

你就敞开心扉

让温暖的春风扑面而来

让她炙热的双手拥抱你壮美的胸怀